KB260935

김경현 제6시집

그리움이 타는 날

한누리
미디어

김경현 제6시집

그리움이 타는 날

서시(序詩)

삽질했습니다
그제도 어제도 오늘도
뒷전에 밀쳐둔
해묵은 마음밭을
푸욱푹 갈아 엎으며
삽질했습니다

오뉴월 뜨거운 태양을
등에 업고 허리 굽혀
한 사래 두 사래 종일토록
땀방울을 묻었습니다
눈물방울을 심었습니다

언제야 꽃필지 모르는
메마른 사랑의 영토 위에
마지막 남아 있는 가슴 속
한 조각 꿈 마저
깨끗이 비웠습니다

어머니 와서 보십시오

푸른 하늘 머리에 이고
깊이 깊이 뿌리 내릴
곱직한 삶의 시심(詩心)
와서 보십시오 어머니

삽질했습니다
그제도 어제도 오늘도
손발에 피멍이 들도록
해묵은 마음밭을
푸욱푹 갈아 엎으며
삽질했습니다

김경현 제6시집 /그리움이 타는 날

■차례

김경현 제6시집 / 그리움이 타는 날

■차례

2부 : 상사화

김경현 제6시집 /그리움이 타는 날

■차례

3부 : 능소화

김경현 제6시집 / 그리움이 타는 날

■ 차례

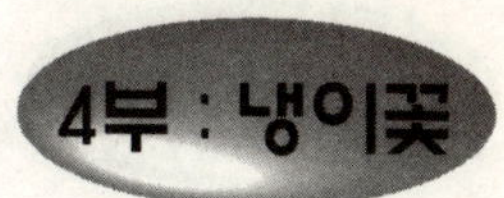

김경현 제6시집 /그리움이 타는 날

■ 차례

5부 : 하늘꽃

군자란 한 촉

나잘죽한 잎새 사이로
길게 모가지를 내밀고
가뭇가뭇한 아흐레 달밤
아무도 모르게 꽃을 피웠다.

눈이 석자쯤 튀어나온
불나비 한 마리 건듯 데불고
눈물 머금은 슬픈 얼굴로
고독한 바람은 부는데,

뿌리로 물을 길어 올리는
어둠 속 숨가쁜 세월은
옷 벗은 비너스 젖가슴
별빛 속에 살짜기 드러낸 채

한줌이나 될까 말까한 허리춤
요리조리 흔들어 대면서
잃어버린 자신의 계절을 찾아
이슥토록 하늘가를 서성댔다.

뜰 아래 건너방 등불도
들창에 어른대다 잠이 든
먼 먼 꿈의 나라 시간 속
머리맡 군자란 한 촉.

아내

그대는
곁에 있어도 눈물나게 그리운
내 안의 꽃.

이승에서 사랑하다
사랑하다 죽으면
가슴으로 꼬옥 껴안고
저승까지 가지고 가서
노상 함께 할

그대는
이 세상에서
가장 소중하고
가장 아름다운
영혼의 꽃.

새

내 마음 사로잡던
그대 떠나가면
텅빈 그 자리
누가 채워 주나요.

맵찬 바람소리
뼈가 닳도록
입술로 피리를 부는
외로운 시간

그리움에 겨워
꽃구름 흐드러지게 핀
푸른 하늘섶 이랑
바라보면

저 먼 사랑의 길 위에
눈 먼 새 한 마리
소리없이
펼친 날개를 접고

눈물이 맺히는
가슴앓이 세월을
아무도 모르게
땅에 파 묻습니다.

귀언(貴言)

당신이 내게 하시는 말씀
하늘처럼 바다처럼 산처럼
한 시절 살다 가라 하십니다.

눈이 내리면 눈이 내리는 만큼
비가 뿌리면 비가 뿌리는 만큼
넉넉하게 큰가슴을 펼치우고

푸른 들판길 곱게 곱게 수 놓는 꽃같이
한 목숨 아낌없이 이 세상에 내놓고
서로 서로 사랑을 나누라 하십니다.

듣는 귀는 보다 더 크게 열어두고
말하는 입은 보다 더 작게 닫아두고
어둠 속 눈빛 맑게 맑게 닦으면서

그리움에 사무치는 눈물의 시간들
땅 속 깊이 깊이 아주 파묻어 놓고
아무 흔적없이 함박 웃음짓는 새 날

당신이 내게 하시는 말씀
물처럼 구름처럼 바람처럼
한 세월 살다 가라 하십니다.

개운죽(開雲竹)

맑은 물소리에
맑은 바람소리에
때낀 가슴을 씻으며
살아 갑니다.

어진 하늘을
어진 땅을
참사랑 하나 만으로
받들어 섬기자면

어찌 지금
올곧게 자라나는
믿음의 뿌리
필요치 않으리오.

고요한 밤
꿈 속에 내리는
고운 님의 모습처럼
겨운 한 세월

맑은 별빛으로
맑은 달빛으로
찌든 마음을 닦으며
살아 갑니다.

바다의 시가(詩歌)

흔들리는 바다 위에
작은 사랑의 집을 짓고
내 안의 그대
뜨겁게 몸부림칠 때

비로소 나는
빈 배 한 척
하늘가에 띄우고
조용히 노래를 부르리라.

갈매기 날으는
자유로운 꿈의 세상
젊음이 불타는
섬바퀴에 한 아름 들여놓고

긴 긴 시간의 모래밭을
맨둥발로 거니는
한 쌍의
정다운 연인처럼

흔들리는 바다 위에
쪽빛 그리움을 수 놓고
내 안의 그대
뜨겁게 몸부림칠 때

마침내 나는
눈물 바람을 감추고
꽃구름 흐드러지게 핀
수평선을 넘어가 보리라.

앉은뱅이꽃

별빛 맑은
이슬 한 방울
온몸으로
받아먹고

목마른 땅
깊이 깊이
삶의 뿌리를
내렸다.

바람결에
휩쓸려
떠다니는
천형의 목숨

홀로
저만치
어둠길에
떨쳐 놓고,

달빛 여울
물소리에
파르르
살을 떨며

눈시울
붉히던
키 작은
앉은뱅이꽃.

하늘 열린
새 날
막힌 목청을
틔우고

비로소
활짝
미소 한 송이
피웠다.

끈

풀어지면
얽고
얽어지면
풀어
한 시절
깨끗이
살련다.

정과
정이
뭉쳐 맺은
한 가닥
긴 긴 삶의
인연
줄.

어디
꼬여
매듭짓는
세상 일이

사랑
그리움
그뿐이랴.

밤으로
낮으로
하늘빛
비단 위에
별꽃을
수 놓는
꿈.

얽어지면
풀고
풀어지면
얽어
한 세월
원없이
살련다.

야심곡(夜心曲)

한밤중
달피리소리
삘릴리 삘릴리
천지간에
울려 퍼지면

내 안의 그대는
금방이라도
한 떨기
꽃이 되어
타오를 것 같은데

몇 됫박의
눈물을 더 흘려야
사랑의 가슴앓이
열병은
모두 사라질지

한밤중
달피리소리

뻴릴리 뻴릴리
외론 바람길 한 가닥
열고 가면

머언 먼
은하수 물결 위에
진주빛
꿈 한 조각 아롱져
구만리 장천을 흐른다

물보라꽃

쪽빛 고운
꿈 한 자락
하늘가에 드리우고,

내 안에
고이 고이 잠이 든
청춘의 바다.

누가 있어
이 깊은 밤을 밝혀
지켜주랴.

아슬한
생명선상 위에
조각달을 띄우고,

눈물로 피우는
한 떨기
하얀 물보라꽃.

아무리
드센 바람이 불고
거센 물결이 쳐도,

절대로
순수한 사랑
떨어지지 않는다.

담쟁이넝쿨

박토에
삶의 뿌리를 박고
몸부림치며 아득바득 살아온
눈물의 반생애.

속된 그 무엇을
어둠 속에서 잃어버리고
참된 그 무엇을 또
빛 속에서 찾았는지,

숨막히게 아득한
세월의 장벽을 기어 기어 올라가
정신의 지붕을 밟고
하늘 멀리 바라본
꿈의 세상.

세상은 미치도록
미치도록 아름다워 보여도
손에 잡히는 건
어린 생각을 뿌리채 뒤흔드는

억센 바람소리 뿐,

해와 달과 별을
노상 우러르며 살아도
무시로 부끄럼은 피어
가슴 속 울 안에 가득히
가득히 쌓여만 가네.

지금도 그때처럼

지금도 그때처럼
샤갈의 그림에는 여름에도
눈이 내리고 정말로

삭막한 바람이 불어도
말없는 산마을 집 한 채
하늘 한 귀퉁이에 들여 놓고

가난한 너의 영혼마냥
늘 삶에 흔들리며
늘 죽음을 확인하고 있을까.

불혹이 되어도 버리지 못한
몇 마디의 변명과
몇 토막의 진실 때문에

날이면 날마다
모난 언어들은 귀가 잘리고
몸통이 다듬어져 나가는데,

허공을 맴돌다 홀로
가파른 산언덕을 넘어 돌아오는
젊은 꽃메아리같이

첫눈이 오면 못견디게
못견디게 그리워질 사람아
내 안의 사람아.

지금도 그때처럼
샤갈의 그림에는 여름에도
눈이 내리고 참말로

애궂은 눈물이 흘러도
말없는 강나루 풀대숲 하나
계절 한 모퉁이에 부려놓고

살갗이 그을린 얼굴로
해 저문 들녘에 서서
마지막 비가(悲歌)를 부르고 있을까.

작약꽃

여름 내내
홀로 가슴을 앓아야 했다.
사랑하는 너로 하여

어린날의 젊고 고운
내 영혼의 꽃대궁은 하늘을 향해
뜨겁게 피어 올랐지만,

메마른 땅에 눈물을 묻고
푸른 꿈을 접어
먼 곳으로 날려야 했던 시간들은

한 줄기 실바람에도
삶의 중심을 잃어버리고
뿌리채 힘없이 흔들려야 했다.

소리 없이
산날을 굽이치는 강물처럼
그리운 너로 하여

비로소 내 몸은 확실하게
눈을 뜨고
눈을 감는 법을 알았지만,

여름 내내
홀로 열병을 삭여야 했다.
목 타는 세월 적시며

그날 밤 바다는

엄지 손톱만한 조각달 하나
하늘가에 살풋이 띄워 놓은 채
천리 먼길 어둠 속에 몸을 묻고
네가 떠나가던 그날 밤.

눈 먼 새의 심장 가장 안쪽에
빛의 화살을 쏘아대며
사십리 섬바퀴를 돌아가는
조그만 한 척의 동력선처럼,

싸늘하게 가슴을 적시며
불타던 마지막 사랑의 노래는
저 먼 추억의 뒤안길을
홀로 빙빙빙 맴을 돌았지만……

가장 맑고 깨끗한 영혼의 눈물을
땅 속 깊이 깊이 파묻고
크게 한 번 몸을 뒤틀며 요동을 치던
내 안의 바다는,

44

소리내어 울 수 없는 애달픈
나를 대신해서
참으로 오래도록
목을 놓아 울어 주었다.

2부 : 상사화

가을 길목에 서면

사사리꽃 미풍에 한들거리는
가을 길목에 서면
파아란 하늘머리에 앉아
혼자서 외롭게 외롭게
세월의 발목을 적시는
풀여치 처량한 노래소리
절로 절로 그리움은 익어가는데,
야트막한 들마루 언덕 위에
노랗게 돼지감자 꽃을 피우고
산산이 불단풍 수 놓으며
지난날의 눈물 어린 추억을
쪽빛 치마 자락에 그려보는
사랑하는 나의 여인아.
고요한 산동네 오막집에
아기몸통 만큼 큼직한
유년의 고운 해가 떨어져서
노을빛에 사무친들 어찌하랴.
사사리꽃 무더기로 흐드러진
가을 길목에 서면
어린 가슴 속 심장은 쉬지 않고

시방도 뜨겁게 뛰고 있는데,
열십자로 찢어진 석류알들
그 막힌 울음을 트고
즈믄 땅으로 쏟아져 내리면
나도 따라 산날을 굽이치는
한 줄기 강물이 되어
어디론지 마구 흘러가고 싶다.

화롯불을 피워 놓고

진눈깨비 날리는
겨울 마당 한 켠에
화롯불을 피워 놓고
언 손을 녹이면서,
그대에게 건네줄
따뜻한 말 한 마디
애끓는 내 안에
슬며시 떠올려 봅니다.
비록 가진 것 없어도
피와 눈물을 나누는
조건없는 그런 사랑
어디에 있나요.
헐벗은 나무와 꽃을
헐벗은 산과 들을
벗 삼아 함께 어우러져
더불어 살아가는 그런 세상
어디에 있나요.
아쉬움 속에 저물어가는
새 천년의 즈믄 해를
야윈 어깨 너머로

묵묵히 바라보면서……
진눈깨비 날리는
겨울 마당 한 켠에
화롯불을 피워 놓고
언 가슴을 녹이며
오늘도 그대에게
훈훈한 정을 풀어
한 땀 한 땀
그리움을 엮습니다.

성(性)

집착하면 집착할수록
끈질기게 고개를 쳐들고
벌레처럼 징그러운 모습으로
몸 속을 파고 들어 왔다.

칠흑 같은 어둠강 한 켠
점점이 반딧불을 밝혀두고
발기한 애정의 꽃대궁은
먼 하늘 별똥별 벗을 삼아
아른아른 꿈 속을 노니는데,

개울나루 모래봇둑 무너지듯
무너져 내리는 너와 나의
사랑의 무게 중심은
이제 어떻게 돌아갈는지……

길길이 비단옷섶을 풀어헤치고
허옇게 속살을 드러낸
한 밤의 앳된 달덩이는
그대로 영혼의 노래가 되어
타는 가슴을 내내 적시었다.

산중풍경(山中風景)

산 너머로 산 너머로
저녁 노을이 떨어진다

소 팔러 장에 간 아비
아직 돌아오지 않았는데

어둠에 묻힌 오막집
개들이 요란스레 짖는다

저녁밥상을 차려 놓고
행여나 가슴을 죄는 어미

구수한 밥냄새에 취해
군침을 삼키는 어린 자식들

오늘도 기다림은 길어
두 눈이 석자쯤 들어가고

싸립문 열리는 소리
바람결에 들려올세라

두 귀를 곧추 세우고
초롱초롱 눈빛을 태우면

재 너머로 재 너머로
서둘러 둥근 달이 솟는다

종소리

그리워
그리워
찾아서 왔건만
어디에도
내 고운 님은
보이지 않네

바람 불고
물결 치는
천야만야한 어둠 속
적막 세상
이제
어디로 가야 하나

머나먼
하늘 나라
붙박이 별 하나
곁에 데불고
산 넘고
들 건너 가면

한사코
꿈 속까지 따라와
눈물을 흘리며
가슴을 적시는
그 옛날의 꽃새벽
푸른 종소리

오늘도
잠자는 천지를 깨우며
찢어진 허공을
하릴없이
맴돌다
맴돌다 가네

아흐레 달밤

누워 있었다.
연분홍 비단폭 이불 위에
벌거숭이 알몸뚱이
길게 늘어뜨리고

눈물 머금은
추억의 눈동자로
밤하늘 먼 별자리
손 꼽아 헤면서

젊은 날의 푸른 꿈
사랑의 빛깔로
점점이 수를 놓아 정을
엮고 있었다.

아흐레 즈믄 달
어둠 속을 궁글며
잠든 영혼의 꽃대궁을
흔들던 날

그대 안의 나
내 안의 그대
아무도 모르게 한데 어우러져
불타고 있는데

천야만야한
침묵의 무게로
은빛 그리움이 한쪽으로
기울고 있었다.

간밤엔

눈이 내리고
어둔 세상 한 귀퉁이가
환하게 밝아졌다.

불 꺼진 마을 속
개짖는 소리
그치지 않았는데

바람찬
세월의 한 모퉁이에
헐벗은 나무들

벌벌벌
몸을 떨며
쓸쓸히 서 있다.

장독대에도
초가지붕에도
싸리나무 울타리에도

소복소복 눈이 내리고
그리운 님도 오지 않은
간밤엔

꿈으로 가는 길목이
모두 꽃 속에
포옥 파묻혔다.

사랑초

내 안의 네가 소리쳐
나를 부를 때까지
끝 없는 끝 없는
어둠길을 따라가 보리라.

바로 거기 연분홍
사랑이 꽃피어 타는
그리운 꿈 속의 영토가
한껏 드리워져 있을 테고

바로 거기 찬란한
희망의 나라가 반석 위에
굳건하게 자리 잡고
새 날을 펼치고 있을지니,

바람이 바람 불러오고
구름이 구름 따라가서
애 끓는 가슴 속 세월
눈물로 노래하는 것처럼

네 안의 내가 소리쳐
너를 부를 때까지
끝 없는 끝 없는
하늘길을 따라가 보리라.

명상

새벽이면
문을 뜨기가 무섭게
담배를 피워 물고
화장실 변기통 위에
쪼그리고 앉아서
화장지처럼 둘둘 말린
지난 밤의 꿈을 펼쳐든다.

오늘은 또 무엇이
내 뇌리를 천둥번개처럼 때리고
숨막히게 숨막히게
목덜미를 조여 올까.

그렇다, 벌써 몇 년 전에
너는 죽어 땅 속에 묻혔지만
나는 네가 내 안에 살아
뜨겁게 타오르고 있는 동안 만큼은
이 끈끈한 눈물빛 애정을
끝내 다 털어내지 못할 것이다.

일상화된 버릇처럼
혹은 구질구질하게 깊어진 고질병처럼
그렇게 그렇게

꼭두새벽이면
일어서기가 무섭게
냉수 사발을 들이키고
담배를 피워 문 채
너를 향한 그리움의 향기에
온몸이 푸욱 젖어 든다.

상사화(相思花)

미련없이 아주 미련없이
까맣게 잊어버리려 해도
자꾸만 꿈 속에 나타나는
너의 고운 모습을 어찌하랴.

살이 타고 뼈가 타다 못해
젊음의 피가 펄펄 끓어 넘치는
뜨거운 가슴 속 불사랑을
한번만이라도 단 한번만이라도
풀잎처럼 가녀린 너의
손 끝에 전해줄 수 있다면

나는 나는 오늘밤 죽어서
저 어두운 하늘섶 별자리
혼꽃이 되어 떠돌지라도
한 점 여한이 없으리.

길이 열리면

길이 열리면
오래토록 어둠에 묻혀 있던
소몰이 길이 열리면
별빛같이 빛나는 눈동자들
구름섶에 총총 매어두고
동강난 땅허리 가로질러
달리어 가 보리라.
쑥대 우거진 눈물의 세월
가슴 속 깊이 파묻고
사랑이 넘쳐나는 크나큰 몸짓으로
빈 하늘 가득 그리움을 심으면서
얼씨구 절씨구 한데 어우러져
일그러진 황토마당 꺼져라고
어깨춤을 추어 보리라.
푸른 비단 무늬 들판 위를
미끄러지듯 맨발로 넘나드는
한 줄기 싱그런 풀바람처럼
그렇게 그렇게
오래토록 어둠에 묻혀 있던
길이 열리면

소몰이 길이 열리면
이 세상 끝에서 저 세상 끝까지
고이 접어둔 꿈자락을 펼치고
목청껏 노래를 부르며
길게 길게 손을 뻗어 보리라.

머리를 감으며

머리를 감는다
밤새 헝클어진 어지러운
꿈타래를 줄줄이 풀어 놓고
머리를 감는다

나이가 들면 들수록
수북하게 빠지는 이 머리칼
정녕 힘없이 떨어지는 세상살이는
이토록 어렵기만 한 것일까

비누칠을 한다
손 시린 수돗물에 흠뻑
까치머리 고개를 처박고
함지박에 새하얀 버큼꽃이 피도록
몇 번이고 몇 번이고
비든 낀 머리칼을 문질러
헹구어 낸다

바람찬 세월
오죽이나 더러운 곳이 많았으면

그 가려운 곳을 북북 문질러
씻어내고 싶었을까

거울을 본다
이른 아침 들녘 햇살에
몸을 말리고 있는 저기 저
이슬 젖은 풀잎처럼

손등으로 흐르는 눈물을
쓰윽쓱 소리없이 닦아내고
밝아오는 먼 하늘을
가만히 가만히 올려다 본다

그리움이 타는 날

여울 위에 떠 있는
단풍잎을 본다
잔물살 지으며
잔물살 지으며
내 마음 속에 떠 있는
고운 그대를 본다

티끌 한 점 없이
푸른 청춘을 드리우고
한없이 한없이
웃음짓고 서 있는
저 해맑은 얼굴
어찌 잊을 수 있을까

하늘 위에 피어 있는
꽃구름을 본다
노을빛에 물들며
노을빛에 물들며
내 마음 속에 피어 있는
고운 그대를 본다

가슴앓이 속병을
모두 다 떨구고
참한 사랑 하나 만으로
긴 긴 세월을 넘어
속절없이 속절없이
그리움이 타는 날……

3부 : 능소화

오늘도

울음이 탄다

그대 떠난
마음의 빈 자리

하릴없이
바람은 부는데

그리움에 겨워
보고픔에 겨워

꽃 피는 가슴
활짝 열어 젖히면

마른 산 허리
푸른 별밭을 넘어서

사랑앓는
오늘도

머언 하늘강에
울음이 탄다

작은 내가 탄다

얼음꽃

가난한 눈물 보따리
어깨에 걸머지고
기약없이 떠나온 고향
뒤돌아 보면 볼수록
시야는 자꾸 흐려지는데

같이 울고 함께 웃던
나이 어린 피붙이 형제
언제 다시 만나 얼굴 맞대고
함박 웃음지어 보리

풀뿌리 나무껍질 씹어 넘기는
가난한 세간살이 삶이
아무리 서럽고 애달퍼도
실꾸리 엉키고 설키듯
더불어 살아야 할 세월

장돌뱅이 바람되어
도시의 뒤통수 떠돌다
어둠의 자식들처럼

가슴 무너지는 아픔 껴안고
몸부림치다 몸부림치다
사랑에 겨워서
그리움에 겨워서
먼 하늘 별무리 바라보면

싸늘하게 식어버린
알몸뚱이 심장 위로
눈부시게 새하얀
얼음꽃이 피었다 진다

내 고향은

내 고향은
변산반도 한 귀퉁이
해안선에 자리한
작은 갯마을.

예나 지금이나
벌거숭이 갯벌 위에
소라와 조개와 농게가
옹기 종기 집을 짓고 있고,

이웃 섬 소금배 간간이
젓갈 내음 풍기며
푸른 파도소리 끊임없이
실어 나르는 곳.

내 고향은
하늘과 땅이 맞닿은
긴 긴 둑길 너머
지천으로 하얗게
갈대꽃 어우러진

작은 항포구.

괭이 갈매기
물새떼 무리
먹이 찾아 날아드는
햇살 좋은 날이면,

망둥어 숭어 쭈꾸미
왕새우 골뱅이 우렁이
함지박 가득가득
넘쳐 나는 곳.

내 고향은
마주치는 눈빛 마다
따슨 가슴마다
사랑 어린 인정
물씬 물씬 배어나는
별천지 섬바퀴.

뭍 보다는

오히려 바다가
더 풍성하게
삶을 엮어주고,

비단 치맛자락
펼쳐 지듯이
타는 그리움이
서리서리 드리워진 곳.

내 고향은
노을빛 꽃구름
항상 아름답게 피어나는
환상의 눈부신
꿈 속 마을.

죽화(竹花)

오로지
당신만 바라보고
한 시절을 살았습니다

푸르른 청춘도
불타는 뜨건 가슴도
아낌없이 모두 다 내어주고

의지가지 하나 없는
빈 껍데기 가난한 삶의 바램에
온몸을 맡긴 채

이따금 눈시울 적시며
하늘이 내려앉는 아픈 일이 있더라도
꾸욱꾹 피매듭 지으며

죽도록 사랑하고
죽도록 그리워하기에
올곧은 정신 하나로 버티고 서서

뿌리 깊은 꿈 속에
마지막 저승꽃이 피어나도
해맑은 웃음으로 삭여 넘기우고

오로지
당신만 바라보고
한 평생을 살았습니다

꽃각시 목각인형

인사동 저자거리를
바람처럼 하릴없이 쏘다니다
집으로 돌아오는 길에
자그마한 꽃각시 목각인형 하나
주머니돈 털어 샀다.

연분홍 다홍치마 저고리로
곱게 단장한 그 모습
신부처럼 하도 예뻐서
밤으로 낮으로 애지중지하다
그만 두눈이 서로 맞았다.

그 날 이후 나는
깊으나 깊은 꿈 속에서
아리따운 꽃각시 목각인형과
사랑의 밀어를 주고 받으며
은밀하게 아주 은밀하게
내통을 하였다.

그리고 아내 몰래

작은 방 하나를 통째로
꽃각시 목각인형에게 내주고
시간이 날 때마다 들러서
둘 만의 관계를 쌓으며
황홀함에 빠졌다.

능소화

급기야
갈라진 입술에 붉은
피가 맺혔습니다

눈물 메마른
즈믄 세상 밖 한 세월을
홀로 살아 가자니

고독한 밤이
왜 그리도 섧게 섧게
온 살로 떨려 오던지

뼈마디 부딪쳐 부르는
애절한 사랑노래 소리가
바람결에 끊길세라

첩첩이 둘러쳤던
어둠의 장막이
모두 다 깨끗이 걷히우고야

보랏빛 꽃구름
선연하게 피어오르는
새벽 하늘처럼

비로소
불타는 가슴에 활짝
꿈길을 열었습니다

줄포 가는 길

줄포 가는 길
진눈깨비 내린다
섣달 그믐 저녁
어스름을 데불고
구불구불 펼쳐진
푸른 솔산을 넘어
너른 들강을 건너
눈꺼풀 내리 감기는
천만근 졸음을 참고
달려 가는데
어머니 품 속 같이 따슨
고향 하늘 언저리에
꽃빛 곱게 물든
그리움이 핀다
몇 십리 바람 속을
몇 백리 안개 속을
머리칼 날리며
돌아 왔는지
입김 서린 차창에
하얗게 어린 성애가

외로운 가슴 속에
불을 지피고
뚝뚝뚝 뚝뚝뚝
사랑의 눈물을 흘린다
향수병 앓는
어린 세월을 데불고
지난날 잃어버린
바다 내음새 찾아
줄포 가는 길
귓볼이 얼얼하게
진눈깨비 엉긴다

너에게 주리

너에게 주리
푸짐한 이 봄빛
상큼한 이 향기
모두 너에게 주리

불타는 그리움
하늘섶에 펼치고
눈시울 붉히며
사랑을 노래하는
아름다운 사람아

잠자는 대지 위로
푸르름 넘실대는
청춘의 시간이 오면
아무도 모르게
꿈길을 열고 가서

너에게 주리
싱싱한 이 젊음
넉넉한 이 가슴
모두 너에게 주리

사랑의 눈뜸으로

바다를 보며
산을 생각하고
산을 보며
바다를 생각한다

풀잎 끝에 맺힌
한 톨 이슬 속에서
자연을 보고
우주를 생각하듯

하늘을 보며
땅을 생각하고
땅을 보며
하늘을 생각한다

한 줄기 강물로
한 세월을 접어두고
한 가닥 불꽃으로
한 인생을 펼치우듯

바람같이 죽고 사는
크고 작은 세상이치
사랑의 눈뜸으로
비로소 깨우쳐서

밝음 속에서
어둠을 생각하고
어둠 속에서
밝음을 생각한다

문

항시
문은 열려 있었다

아침 저녁으로
바람소리 새소리
들고 나게끔

꽃피는 청춘
불타는 가슴
하늘가에 드리우고

뜬 구름 몇 점
잠시 머물다 가는
아쉬움으로

노상
문은 열려 있었다

장미빛 그림자
스쳐 지나가는

고적한 시간

누가 눈물나는
사랑가를 부르건
이별가를 부르건

누구도 무어라
관여하지 않는
그리운 그 자리에

줄곧 활짝
문은 열려 있었다

장송곡

I

불타네
불타네
울아비
꽃가마
불타네

동짓달
차가운
눈속에
청산을
파묻고

머나먼
저승길
혼자서
떠나도
어쩌리

남몰래

숨어서
피우는
한떨기
눈물꽃

적시네
적시네
그리운
가슴을
적시네

Ⅱ

흐르네
흐르네
은하수
하늘강
흐르네

잠든땅
흔들어

깨우던
접동새
피울음

기나긴
한밤을
사무쳐
내려도
어쩌리

한번을
가며는
다시금
못오는
북망길

떠가네
떠가네
외로운
혼불로
떠가네

호얏불 켜 들고

어둠 깊은 밤
호얏불 켜 들고
파도가 부서지는
바닷가를 거닌다

내 안에서 타오르는
그리운 너를 위하여
네 속에서 물결치는
고독한 나를 위하여

가슴앓이 속병 타는
눈물의 이별 노래를
한 줄기 살 시리운
바람 속에 데불고

사랑이 꽃 피는
뜨거운 가슴으로
십오리 은모래밭을
품에 안은 채

어둠 깊은 밤
호얏불 켜 들고
달빛이 쏟아지는
하늘가를 거닌다

백제의 땅에 내리는 비

비가 내린다
천년의 고도를 넘어
잠자는 백제의 땅에
한 맺힌 가슴에
추적추적 비가 내린다

삼천 궁녀의 꽃 넋
시퍼렇게 살아 눈을 뜬
백마강 낙화암은
알고 있을까

계백장군의 불 같은 위엄
오천 병사의 창 같은 기개
높이 높이 치솟아
하늘을 울리고 있다는 것을

밟아도 짓밟아도
끈질기게 일어서던
꿋꿋한 민초들의 영혼은
하마 알고 있을까

비옥한 삶의 영토를
무지막지 깔아 뭉개던
라당 연합군의
억센 말발굽소리
귀에 들릴 듯 한데

세월의 뒷전에 고이
숨죽이고 묻혀 있던
그날의 깨어진 탑신들이
무너진 성벽 궁궐들이
파헤쳐진 무덤들이

푸른 전설로 살아
함성으로 아우성으로
다시금 살 속 깊이 뼈 속 깊이
스며드는 오늘

비가 내린다
천년의 고도 백제의 땅
구석구석을 적시며

100

그때의 찬란한 영화를
꿈꾸는 한 줄기 강이 되어
소리없이 흘러간다

중년(中年)의 바다

저것 봐, 저것 봐.
한 바람씩 두 바람씩
어둠의 세월을 벗어 던지고
벌거숭이 하이얀 알몸으로
사십리 긴 긴 섬바퀴가
온누릴 향하여 손짓하고 있어.

멋들어지게 꿈이 펼쳐진
백사장 모랫벌 사이로
수밀도처럼 익은 달을 띄우고
키가 무성하게 자란 어린 날의 숲을 보며
지긋이 미소를 짓고 있어.

하늘과 땅을 사이에 두고
오로지 불타는 사랑 하나 만으로
인연의 끈을 단단하게 얽어 묶고
정을 실은 쪽배를 유유히
수평선 너머로 떠나 보내는 여유.

저것 봐, 저것 봐.

작은 바닷새 한 무리
조용하게 아주 조용하게 눈물을 묻고
보랏빛 새벽을 향하여
날개를 치고 있어.

굳이 무어라 말하지 않아도
굳이 무어라 노래하지 않아도
살 속 깊이 뼛 속 깊이 피가 돌아
청춘의 꽃향기 잔잔하게 풍겨나는
중년의 바다, 그 바다엔……

앞을 가린 물안개도
삼단같이 기인 머리를 묶어 올리고
수정처럼 맑게 비인 넉넉한 가슴으로
물밀 듯이 밀려드는 인생을
삶의 그리운 중심에 앉아
다시금 음미해 보고 있어.

고운 네 눈동자에

고운 네 눈동자에
태초를 그려 담고
영원을 그려 담고

한 자락 바람이 흐르는 거
한 줄기 강물이 흐르는 거
한 떨기 구름이 흐르는 거
한 아름 하늘이 흐르는 거

모두가 사랑의 꽃을 피워
맑은 수정 이슬 한 톨 맺기 위한
기나긴 세월의 몸부림이다

물 맑고 정 깊은
청산 꽃동네에 묻혀 사는
고운 네 눈동자에

해의 얼굴이 그려지는 거
달의 자태가 그려지는 거
별의 모습이 그려지는 거

나의 초상이 그려지는 거

모두가 비인 마음을 완벽하게
우주 대자연으로 채우기 위한
끝없는 그리움의 시작이다

대밭에서

땅을 뚫고
얼어붙은 단단한 땅을 뚫고
죽순이 올라오는 소리를
그 힘찬 소리를
나는 듣는다

하늘을 찌를 듯
의기 충천한 기세로
쭉-쭉 목을 뽑아 올리며
들릴 듯 들리지 않게
조심스레 다가서는
궂은 계절의 그림자를 밀치고

바람소리 서늘한
어둔 세월의 한 귀퉁이에서
죽어 시퍼렇게 눈 뜬
조선왕조 사육신의
절개 곧은 얼굴을 만난다

눈물과 웃음을

서로 같이 주고 받으며

곧직한 삶을 뿌리 내리고
눈 비 내리는 슬픈 시절마다
한 마디씩 두 마디씩
스스로 아픔을 매듭짓던
뒤란 그 대밭에서

시름찬 오늘은
육이오 동란 때
인민군의 도끼 눈을 피해
살쾡이처럼 숨어 들던
이웃 마을 용두 아재의
그 초라하디 초라한 모습도
허튼 짓을 일삼는 내 마음도
모두 깨끗이 비워 버리고

오로지 젊은 가슴 속
굳은 의지 하나 만으로
사랑의 날을 세워

아무도 모르게 꿈을 펼치는 소리를
그 청청한 소리를
오래토록 나는 듣는다

햇살 줍기

저기 저 높다란
하늘 밑 지붕 아래
어디를 찾아가면
양심이 살아 뛰는
뜨거운 불가슴을
만나볼 수 있을까.

찬바람 불어가는
겨울 한 모퉁이
옹기종기 옹기종기
새털구름떼 모여
소곤소곤 정다웁게
이야기꽃 피우는데,

삶의 검은 그림자
길게 길게 드리운
우리네 자화상은
언제쯤에나 다시금
맑은 거울 바라보며
부끄럼을 씻어낼까.

곱사등이 되도록
땅바닥을 헤매며
한 조각씩 두 조각씩
햇살을 줍는 오늘도
만신창이 몸뚱이는
푸른 내일을 꿈꾼다.

물거울

맑은 수정 물거울에
둥실 달이 떠오른다.
어머니 얼굴이 그려진다.

바람의 시새움
가슴에 파문이 인다.
눈물에 풀이 흠뻑 젖는다.

고향 찾아갈 날
아직도 아득하게
많이 남아 있는데……

어둠 속 저만치서
총총총 눈빛 고운
샛별이 돋는 소리.

맑은 수정 물거울에
타는 그리움이 어린다.
슬며시 한 하늘이 들어 앉는다.

돌부처

등짝이 따갑도록
햇살이 내려 쪼인다

솔바람에 부서지는
맑은 풍경소리

어린 승방 연꽃은
활짝 피었는데

시름찬 세월을 씻는
하늘 물소리

머얼리 중문 밖 어귀
늙은 돌부처

감긴 눈을 치켜뜨고
모로 돌아 앉으면

야윈 어깨 너머로
푸른 산그늘이 잠긴다

또 다른 희망을 위하여

마지막
계절의 겨드랑이 사이로
추위가 물러설 기미가 보이면
해묵은 대지 위에
작은 나뭇가지 잎새 하나
서둘러 준비해야지

앞산 논다랭이 저수지
얼음장 깨지는 소리
깊은 잠을 깨면
바람 같은 사람 하나
온몸으로 끌어안고
가슴 속 응어리를 삭히며

어둠 내려 깔렸던
옥양나무 숲 길목으로
아침이 밝아올 때까지
지난 밤의 허튼 꿈일랑
즈믄 세월의 갈피에
모두 다 접어두고

꽃봉오리 터지는 아픔으로
눈물이 맺히는 오늘은
참다운 사랑을 엮어줄
또 다른 희망을 위하여
나는 다시 새봄을 찾아 가야지

바다

바다 근처에 살면서도
바다에 대해 알지 못했다.
그저 하루 두 번 수평선을 넘어
밀물이 들어오고 썰물이 나가는 줄만
눈어림 짐작으로 알았다.
벌거벗은 삼십오리 너른 갯벌을
푸른 빛깔로 뒤덮은 갈대들이
그렇게 오랜 세월동안
젊은 가슴을 불태우며
발목이 젖도록 피울음을 울었어도
나는 까맣게 몰랐다.
풀뿌리 나무껍질 질겅대며
보릿고개를 넘던 그 때에는
뭍보다도 바다가 풍성하게
삶을 엮어 주었어도
바람 부는 날이면 그저 사납게 요동치는
삼각 파도소리가 나는 싫었다.
그 후, 바다를 등지고 대처로 떠나와
도시의 뒤통수에 생(生)의 보금자리를 만들고
사랑의 씨앗을 얻어

한동안 바다를 잊고 살았는데,
커가는 자식들이 바다가 보고 싶다고
불쑥 말을 꺼낼때면
가슴 한 켠 내심 두려움이 일었다.
그러나, 언젠가는 같이 풀어야 할
한꾸리 인연의 매듭이라면
지금이라도 소금기 서걱이는
그 애환의 바다를 찾아가
바다가 들려주는 크고 작은 이야기에
귀를 기울이고 서둘러
잃어버린 나를 찾아야겠다.
바닷가 근처에 살았으면서도
바다에 대해 모른다는 것은……

청평에서

내 눈동자에 담긴
네 안의 사랑
강물에 뜬 달 같아
그 심중(心中) 깊이 알 수가 없네.

애가 타는 세월일랑
뒷전에 저만치 밀쳐두고
묵묵히 청산을 벗 삼아
혼자서 술잔이나 비울 수 밖에.

네 눈동자에 담긴
내 안의 사랑
강물에 뜬 별 같아
그 심중(心中) 무게 알 수가 없네.

고요한 하늘가에
쪽배를 띄우고
묵묵히 녹수를 벗 삼아
혼자서 노닐 수 밖에.

오지 않는 사랑

기다림에 지쳐서
촛불이 녹습니다
한밤 부엉새는
할 말을 잃었습니다.
별빛 고운 그리움도
세월 밖에 접어두고
앞산 황토 언덕배기
푸른 풀밭에 누워서
하늘에 뜬 구름을
묵묵히 바라 봅니다.
오로지 그대 향한
일념으로 끝까지
사랑의 자리를 지켰기에
행복을 꿈꿨기에
지금은 지금은
쏟아지는 눈물을
땅 속에 마음 속에
꼬옥 꼭 파 묻으며
혼자서 외롭게
천리 바람길을

소리없이 따라 갑니다.
또 다시 머리 맡에선
촛불이 녹고
기다림에 취해서
할 말을 잃은 부엉새는
한밤을 웁니다

남북 이산가족 상봉을 보면서

흐르는구나
오십년 통한의 세월
가슴에 고인 피눈물
강이 되어 흐르는구나

하늘과 땅이 둘로 갈라져
가는 길도 오는 길도
모두 꽉꽉 틀어 막힌
천야만야한 어둠의 시절

서로 말문이 막혀
숨통이 막혀
빈 허공 쥐어 뜯으며
소리 죽여 울음을 삼켰는데

이제야 비로소 한 가닥
희망의 불빛이 보이는구나
이제야 비로소 한 줄기
사랑의 꽃길이 열리는구나

부모와 자식이
형제와 자매가 하나되지 못하고
남남처럼 떨어져 살아온
통한의 반세기

누가 우리의 반도 허리를
둘로 갈라 놓았는가
누가 우리의 끈끈한 정을
둘로 잘라 놓았는가

못잊어 차마 못잊어
이제나 저제나 오매불망
꿈 속에 그려보는
고향 산천 그리운 얼굴, 얼굴들이여

아, 드디어 흐르는구나
커다란 이념의 장벽을 넘어
가슴에 고인 피눈물
하나의 크나큰 강이 되어
드디어 새 역사의 장을 여는구나

강(江)

무엇을 바라보고
여기까지 흘러 왔을까

한번 가면
다시 못오는 저승이
바로 저긴데

꽃같이 아름다운
인생의 꿈은
모두 다 어찌하고

발길 서둘러
여기까지 흘러 왔을까

해 저무는
저녁 하늘
가만히 들여다 보면

마악 떨군
눈물 한 방울
물거품 되어
사라지고 있다

냉이꽃

지금이라도
당신이 내게 다가와
꼬옥 손목을 붙잡고
사랑을 속삭여 주신다면
얼마나 좋을까요.

외로움에 겨운 마음
행여 바람이 들까봐
먼 하늘 먼 산 별빛 바라보며
서둘러 피우는
애틋한 정화(精花).

푸름을 먹고 사는
청춘의 젊은 꿈은
언제 눈시울 적시며
고개를 숙이고 시들어
땅 속에 묻힐지
아무도 모르는데,

지금이라도

당신이 내게 다가와
꼬옥 가슴을 껴안고.
사랑 노래를 불러 주신다면
얼마나 좋을까요.

아마도
그리움에 겨워
긴 긴 날 홀로 애타는
가슴앓이
그 열병.

비단 구름 자락에
달빛이 씻기듯이
그렇게 그렇게
소리도 없이 씻은 듯이
모두 다 사라질 거예요.

해당화 피는 날

하필이면
해당화 피는 날
그대는 내 곁을
떠나 가는가.

자신의 가장 부끄러운 데를
꽃그늘로 감추고
어색하게 웃음짓는
구름 속 허연 낮달처럼,

바람 부는 외로운
산문(山門)에 기대어
어린 동자승은 먼 산을 바라보며
눈시울을 붉히는데……

오고 가는 것이
가고 오는 것이
사필귀정 돌아가는
우리네 인생살이인가.

아비가 떠나간 길을
그대가 따라가고
그대가 떠나간 길을
또 누군가 따라간다.

말없이 떨어지는 눈물을
땅에 묻으며
아쉬움에 둘러보는 산천은
예나 제나 그대로인데……

하필이면
해당화 피는 날
그대는 떠나가고
나는 혼자가 되는가.

사랑은 파도를 타고

사랑은
파도를 타고
온다

빈 배 가득
장미빛 그리움을
싣고

요동치는
욕망의 바다를
건너

천만리
비단 하늘길을
열고

모두가
숨을 죽인
한밤중

사랑은
파도를 타고
와서

고독한
섬바퀴를 몇 번이고
울린다

5부 : 하늘꽃

인생의 꽃

내 즈믄 인생의 꽃은
언제나 피어
천리 사방 방향할까

하늘섶에 떨어지는
눈물을 땅에 묻고
기다리기를

한 해
두 해
세 해
.
.

.

고독하게 타오르는
보랏빛 사랑도 뒷전에
저만치 접어두고
혼자서
슬픔을 가슴에 묻으며

웃음짓기를

한 해
두 해
세 해
·
·
·

내 즈믄 인생의 꽃은
언제나 피어
천리사방 방향할까

심심초

억새꽃 우거진 호숫가에
다소곳이 앉아 소리없이
피우는 너의 눈웃음에
나는 그냥 반해 버렸다.

바람에 몸을 흔들며
손너울 짓는 잔물결이
무어라 무어라고 말을 하여도
영 귀에 들어오지 않았다.

맑은 수정 물거울에
하늘빛 세상이 잠겨서
황홀하게 춤을 추는
늦가을 오후 한 나절.

억새꽃 우거진 호숫가에
다소곳이 앉아 소리없이
피우는 너의 눈웃음에 취해
나는 나를 잊어 버렸다.

너를 보면

너를 보면
나는 한 마리 순한
짐승이 된다

갑자기
눈동자도 커지고
마음도 들떠 오른다

높고 푸른 가을날
은빛 억새꽃 무리
바람에 일렁이듯이

그렇게 소리없이
안으로 요동치는
불타는 사랑의 가슴

무엇이 어떻게
길들였는지,
무엇이 어떻게
길들여 놓았는지

너를 보면
나는 한 마리 순한
짐승이 된다

하늘꽃

지상에서 가장 착한
그대의 순한 영혼은
마침내 하늘꽃이 되었다

천년 만년 세월이 흘러도
시들어 떨어지지 않는
강인한 생명력을 지니고

언제나 기도의 자세로
눈물 메마른 흙가슴에
사랑의 뿌리를 내린 채

온누리 가득 가득히
그리움의 향기를 뿌리는
영원 불멸의 삶처럼

지상에서 가장 아름다운
그대의 고운 영혼은
마침내 하늘꽃이 되어서

천리사방 어디든
바람따라 넘나들면서
아득한 세상 꿈길을 열었다

청춘 일기

먼 하늘
별빛 무리
눈부신 밤이면

젊은 그 바다
푸른 숨소리
귓전에서 들리느니

내 안에서
못견디게 요동치는
그대여

그리거라
한사코
그리거라

벌거숭이
알몸으로 타오르는
저기 저 꽃섬을

꿈 속에서라도
한 번 품에 안고
노닐고 싶으니

젊은 그 바다
푸른 숨소리
귓전에서 멎기 전에

사랑하라
죽도록
사랑하라

신성화

꽃향기 같은 분냄새에
분냄새 같은 꽃향기에

취해서 흔들리는 봄빛
그 누가 붙잡아 주랴.

불처럼 뜨거운 가슴에
가슴처럼 뜨거운 불에

피로 들어 앉힌 천지못
그 누가 알아 섬겨 주랴.

분냄새 같은 꽃향기에
꽃향기 같은 분냄새에

취해서 흔들리는 세상
자꾸 눈시울만 붉어진다.

수심곡

달빛 타는 밤
외로운 나의 창변에
한 점 그리움을 오려두고
소리없이 눈시울을 적셨다

바람길 따라 떠나간지
얼마나 많은 세월이 흘렀는데
산 너머 하늘섶 구름은
예나 제나 혼자서 흘러 오는지

마지막 순간의 슬픈 예감이
번개처럼 뇌리를 스쳐가도
끝내 잊을 수 없는 그대 향한 일념의
애틋한 미련 때문인가

별빛 젖는 밤
고독한 나의 창변에
한 줌 사랑꽃을 피워놓고
하염없이 가슴을 태웠다

내가 죽으면

시(詩)를 쓰는
내가 죽으면
불원 천지간(天地間)
상사화가 되어서
사방팔방 불을 밝히며

이 좋은 세상
왜 떠났냐고
왜 혼자 그냥 갔냐고
눈물을 흘리는
그 사람 곁에서

몇 날이고
몇 날이고
떠나지 않고 어우러져
꿈결에도 소곤소곤
시(詩)를 읊어주며

지상(地上)에서
가장 순수한 사랑이
머물 수 있도록
가장 아름다운 몸짓으로
영혼의 길을 열어 주리라

즈믄 세월의 끝자리에 서면

바람이 불고
펄펄 진눈깨비 날린다

벌거벗은 산천에
시베리아 한랭 전선이 걸렸는가

가늘게 다리 뻗고 누운
들판섶 강줄기에 살얼음이 얼고

외투깃을 세운 생살의 사람들
서둘러 갈길을 재촉한다

모든 것을 얻기 위하여
모든 것을 버리는 대자연의 진리 앞에서

누가 하늘빛 눈물을 떨구며
감긴 사랑의 눈을 뜨려는가

누가 감긴 사랑의 눈을 뜨고
가난한 인생의 꽃을 피우려는가

싸늘하게 얼어붙은 가슴으로
즈믄 세월의 끝자리에 서면

다시 또 바람이 불고
펄펄 진눈깨비 날린다

대설경보

입춘이 지났는데
산에 들에 강에
따뜻한 햇살이 곰살곰살거렸는데,

오늘 어쩌다가 저기 저
하늘 한 귀퉁이 무너져 내렸는지
아침부터 저녁까지 무작정
무작정 쏟아지는 눈발
좀체 그칠 기미가 보이지 않는다.

백색의 계엄령 속
힘없는 민초 마을은
이미 그 발길 끊어져 고립된 지 오래고
눈 속에 파묻힌 비닐하우스는 지붕이 무너져
뼈대만 앙상하게 남아
모두가 할 말을 잊었다.

지금 침묵의 세상은
온통 아수라장 천지이고
사방 어디를 둘러봐도

온전한 것 하나 찾아볼 수 없다.

아, 무심한 시대의
무심한 우리들의 하나님
이제 무얼 바라보고 살아야 하나요.

4월의 단상

아지랑이 속살거리는
4월의 하늘을 가로질러
종달새가 날아 간다

울긋불긋 망울 부푼
꽃가슴을 터트리고
산처녀는 사랑에 젖은
긴 노래를 부르는데

푸른 봄 들판 섶길에
무작정 쏟아지는 햇살이
기름 묻은 불화살마냥

머언 지평선을 향하여
눈알을 부라리며
붉은 흙바람을 거세게 몰아간다

바로 거기 진달래
불똥 튀는 자리를 넘어
버들강 허리 옹기종기 모여 사는

강마을을 끼고 돌면

다시 아지랑이 속살거리는
조용한 4월의 하늘에
허기진 낮달이 와서
자리를 펴고 눕는다

어디로 갈까

산으로 갈까
바다로 갈까
어디로 갈까

생떼 같은
우리 목숨꽃
떨어지면

눈썹 끝에
맺힌 눈물
한 타래나
울려 놓고

쾡한 하늘섶
혼불 되어
천지간(天地間)을
떠도느니

생떼 같은
우리 목숨꽃

떨어지면

바람 따라
구름 따라
어디로 갈까

만춘

싱그러운
봄 내음
꽃 향기에
내 마음 취해서
뿌리채
사정없이
흔들리네

어쩔 것인가

천지간(天地間)을
울리는
풀빛 사랑도
한갓
바람 속
이슬 같은
사람의 일인 것을

어쩔 것인가

그윽한
흙 냄새
하늘빛에
내 마음 흔들려서
온 몸이
흥건하게
젖어 오네

연정

너를 그리며
달빛에 취해서 울었다.

어둠을 환하게 밝히는
하얀 배꽃나무 그늘 아래
봄밤의 추억을 펴고 누워
하릴없이 꿈 속을 헤매어도

한 번 안으로 타오르기 시작한
사랑의 뜨거운 불길은
눈물바람 속에서도
좀체 사그러들 줄 몰랐다.

긴 긴 가슴앓이 열병이
깊어 가면 깊어 갈수록
홀로 고독한 세월은
몇 곱절로 보고픔을 더해가고

가는 봄이 섧다고
가는 이가 너무 섧다고

온몸을 깨무는 앞산 백양나무숲
소쩍새처럼 나는 마냥

고운 너를 그리며
별빛에 취해서 울었다.

가족, 혈육, 민족애로 뻗어간 연가
—김경현 시집《그리움이 타는 날》에 부쳐

윤 병 로
(문학평론가·성균관대 명예교수)

김경현 시인 제6시집《그리움이 타는 날》이 출간됨에 앞서 필자는 그 초고를 정독, 감상할 기회를 얻었다.

김경현 시인은 『해동문학』(6호) 신인상으로 등단 이후 1994년 첫시집《웃음 속에 푸석이는 슬픔처럼》을 비롯, 지금까지 5권의 시집을 출산해서 탄탄한 시력(詩歷)을 쌓아 왔다.

이번 시집의 시세계를 접하기에 앞서 그의 시선집《내 안에서 물결치는 그대》(1998)를 잠시 눈여겨 보았다. 이 시선집은 김경현 시인이 그동안 발표했던 시편들을 축약해서 한 자리에 집대성한 사화집으로 중요한 의미를 간직하고 있기 때문이다.

김경현 시인이 이 시선집의〈머리글〉에서 자신의 시창작 태도를 극명하게 밝히고 있다.

시를 공부하는 모든 사람들에게 보다 더 많이 읽혀서 글을 쓰는 데 조금이라도 보탬이 되었으면 하는 마음만 굴뚝같이 높고 간절

하다.
　좀더 친근하고 좀더 순수하고 좀더 진실되고 좀더 아름다운 내일의 삶을 영위하기 위해서 더욱더 열심히 노력하고, 작은 생(生)의 뜨락이나마 알차게 꾸려 나갈 생각이다.

　'모든 사람에게 보다 더 많이 읽혀서 글을 쓰는 데 조금이라도 보탬이 되었으면 하는 마음'에서 시를 쓰겠다는 김경현 시인. 그 소망이 이번 시집에서도 여실히 드러난 듯《그리움이 타는 날》에서 참으로 경쾌한 시심을 확인하게 될 것이다.
　이번 시집《그리움이 타는 날》이란 제명에서 김경현 시인의 시세계에 대한 전반적 이미지가 쉽고 가깝게 감지된다. 시인의 열정적 동경이 훨훨 타는 세월을 연상하기에 충분한 시제가 아닐까.
　전5부로 짜여진 이 시집의 첫머리에서《서시(序詩)》를 신선한 감회로 접하게 된다.

언제나 꽃필지 모르는
메마른 사랑의 영토 위에
마지막 남아 있는 가슴 속
한 조각 꿈 마저
깨끗이 비웠습니다

어머니 와서 보십시오
푸른 하늘 머리에 이고
깊이 깊이 뿌리 내릴
곱직한 삶의 시심(詩心)
와서 보십시오 어머니

삽질했습니다
그제도 어제도 오늘도

손발에 피멍이 들도록
해묵은 마음밭을
푸욱푹 갈아 엎으며
삽질했습니다
　　　— 〈서시(序詩)〉 중에서

　혼신의 힘을 다하여 메마른 땅에 '사랑의 꽃씨'를 심어 일구어 보겠다는 시인의 갈망이 충만한 시편으로 받아진다. 김경현 시인의 사랑의 이미지는 그의 시세계에 전반적 주조를 이루고 있지만 이토록 열정적으로 뜨거운 연가(戀歌)를 읊어서 우리의 가슴을 찡하게 울려 주고 있지 않는가.

　김경현 시인의 사랑에 대한 연가는 이 땅에 대한 애향심(愛鄕心)에서부터 발원(發源)되어 어머니와 아내 그리고 혈육에까지 넓고 깊게 감싸고 있어 그 파장은 크게 파급된다고 하겠다.

　이와 관련해서 김경현 시인의 시세계에 대해 평론가 채수영이 언급한 바 '사랑의 이미지를 변용하는 것과 가족관계의 시화(詩化)가 상당한 빈도로 작용한다'는 평설을 공감하게 된다.

　그 실증으로 이번 시집에서 시 〈아내〉를 우선 손꼽게 되는데 아내에 대한 숭고한 사랑의 찬가를 듣게 된다.

그대는
곁에 있어도 눈물나게 그리운
내 안의 꽃.

이승에서 사랑하다
사랑하다 죽으면
가슴으로 꼬옥 껴안고
저승까지 가지고 가서
노상 함께 할

그대는
이 세상에서
가장 소중하고
가장 아름다운
영혼의 꽃
　　　　　―〈아내〉 전문

　아내에 대한 열애의 연가는 이웃과 가족에 대한 끈끈한 사랑
의 절창으로 그 음향을 드높이고 있다. 시 〈끈〉은 극히 단조
로운 시어로 혈육의 정을 강하게 되새김해서 각별히 주목된다.

　정과/ 정이/ 뭉쳐 맺은/ 한 가닥/ 긴긴 삶의/ 인연/ 줄.//…(중략)…
//얽어지면/ 풀고/ 풀어지면/ 얽어/ 한 세월/ 원없이/ 살련다.
　　　　　―〈끈〉중에서

　시집《그리움이 타는 날》의 시세계에서 김경현 시인의 고
독한 심회를 가장 생동감 있게 읊고 있는 여러편의 시를 만나
게 된다. 그 대표적 시편이 〈가을 길목에 서면〉인데 퍽 낭만
적 율조로 독자의 가슴을 찡하게 울려줄 것이다.

　고요한 산동네 오막집에
　아기 몸통만큼 큼직한
　유년의 고운 해가 떨어져서
　노을빛에 사무친들 어찌하랴.
　사사리꽃 무더기로 흐드러진
　가을 길목에 서면
　어린 가슴 속 심장은 쉬지 않고
　시방도 뜨겁게 뛰고 있는데,
　열십자로 찢어진 석류알들
　그 막힌 울음을 트고

즈믄 땅으로 쏟아져 내리면
나도 따라 산날을 굽이치는
한 줄기 강물이 되어
어디론지 마구 흘러가고 싶다.
　　　　―〈가을 길목에 서면〉중에서

　향수가 물씬 풍기는 시풍으로 시인의 절절한 노스텔지어를
아름다운 화음으로 읊고 있다. 짙은 여운을 남기게 하는 시편
으로 꼽게 된다. 김경현 시인의 망향가는 세련된 한폭의 동양
화를 연상하리만큼 수려한 풍경을 담아 내고 있어 강한 인상
으로 우리 앞에 다가온다.

내 고향은
하늘과 땅이 맞닿은
긴 긴 둑길 너머
지천으로 하얗게
갈대꽃 어우러진
작은 항포구.

꽹이 갈매기
물새떼 무리
먹이 찾아 날아드는
햇살 좋은 날이면,

망둥어 숭어 쭈꾸미
왕새우 골뱅이 우렁이
함지박 가득가득
넘쳐 나는 곳.
　　　　―〈내 고향은〉중에서

　변산반도 한 귀퉁이에 자리한 작은 갯마을 고향을 김경현 시

인은 아련한 향수에 젖은 노래가락으로 아름답게 떠올리고 있다. 망향의 정한을 담은 시편으로 〈줄포 가는 길〉을 놓칠 수 없다. '어린 세월을 데불고/ 지난날 잃어버린/ 바다 내음새 찾아/ 줄포 가는 길/ 귓볼이 얼얼하게/ 진눈깨비 엉긴다' —이 같은 짧은 시구에서도 김경현 시인의 향수가 얼만큼 진하게 가슴 깊이 각인되었는가를 짐작케 한다.

김경현 시인의 애수 어린 망향의 노래는 지난 세월을 뒤돌아 보면서 회한의 참회를 시행 속에 옮기고 있다. 순수하고 지고(至高)한 사랑을 위해서 외로운 고행길을 마다하고 묵묵히 걸어온 시인의 절규는 비장하게 메아리친다.

오로지 그대 향한
일념으로 끝까지
사랑의 자리를 지켰기에
행복을 꿈꿨기에
지금은 지금은
쏟아지는 눈물을
땅 속에 마음 속에
꼬옥 꼭 파 묻으며
혼자서 외롭게
천리 바람길을
소리없이 따라 갑니다.
또 다시 머리 맡에선
촛불이 녹고
기다림에 취해서
할 말을 잃은 부엉새는
한밤을 웁니다.
　　　　　—〈오지 않는 사랑〉 중에서

기다림에 지쳐서 '할 말을 잃은 부엉새'는 다름 아닌 시인

의 자화상으로 연상되기에 그 비감(悲感)은 더 진하게 감지된다
고 하겠다. 사랑에 대한 갈망이 지극했기에 기다리는 인내의 아
픔도 그만큼 처절한 몸부림으로 울음을 터트리고 있지 않는가.
　김경현 시인의 사랑의 연가는 아내와 가족과 혈육으로 확산
되어 민족애로 뻗어간다. 조국분단으로 빚어진 가족 이산의 아
픔을 감동 깊게 읊은 〈남북 이산가족 상봉을 보면서〉를 각별
히 주목하게 된다.

　　흐르는구나
　　오십년 통한의 세월
　　가슴에 고인 피눈물
　　강이 되어 흐르는구나.

　　하늘과 땅이 둘로 갈라져
　　가는 길도 오는 길도
　　모두 꽉꽉 틀어 막힌
　　천야만야한 어둠의 시절

　　서로 말문이 막혀
　　숨통이 막혀
　　빈 허공 쥐어 뜯으며
　　소리 죽여 울음을 삼켰는데

　　이제야 비로소 한 가닥
　　희망의 불빛이 보이는구나
　　이제야 비로소 한 줄기
　　사랑의 꽃길이 열리는구나
　　　　—〈남북 이산가족 상봉을 보면서〉 중에서

　이산가족의 극적인 상봉을 지켜보면서 감격적으로 읊은 시
편이기에 그 감동의 폭은 한층 넓게 공명될 것이다. 이 시의 말

미에서. '가슴에 고인 피눈물/ 하나의 크나큰 강이 되어/ 드디어 새 역사의 장을 여는구나'란 환희의 감회를 소리 높여 외치고 있다.

　김경현 시인의 지고지순(至高至順)의 사랑 찬가는 마침내 시 〈하늘꽃〉에 이르러 한 차원 승화된 서정적 향기 그윽한 절창을 보여준다.

　　　언제나 기도의 자세로
　　　눈물 메마른 흙가슴에
　　　사랑의 뿌리를 내린 채

　　　온누리 가득 가득히
　　　그리움의 향기를 뿌리는
　　　영원 불멸의 삶처럼

　　　지상에서 가장 아름다운
　　　그대의 고운 영혼은
　　　마침내 하늘꽃이 되어서

　　　천리사방 어디든
　　　바람따라 넘나들면서
　　　아득한 세상 꿈길을 열었다
　　　　　　　　－〈하늘꽃〉 중에서

　〈하늘꽃〉의 이미지는 오묘한 색상으로 상징되면서 '영원 불멸의 삶처럼' 우리들 가슴을 압도하는 느낌이다. 시공(時空)을 초월해서 영원한 생명으로 아름다움을 간직한 〈하늘꽃〉은 사랑의 표상으로 찬양할 만하다.

　이번 시집《그리움이 타는 날》에서 김경현 시인의 참다운 자화상의 정감을 가장 생생하게 드러낸 시편은 〈수심곡〉으

로 생각된다. 그의 고독한 심회를 고즈넉한 음조로 사랑의 비
가(悲歌)를 읊고 있어 더욱 인상적 감흥을 남게 한다.

> 달빛 타는 밤
> 외로운 나의 창변에
> 한 점 그리움을 오려두고
> 소리없이 눈시울을 적셨다
> ……(중략)……
> 마지막 순간의 슬픈 예감이
> 번개처럼 뇌리를 스쳐가도
> 끝내 잊을 수 없는 그대 향한 일념의
> 애틋한 미련 때문인가
>
> 별빛 젖는 밤
> 고독한 나의 창변에
> 한 줌 사랑꽃을 피워놓고
> 하염없이 가슴을 태웠다
> ─〈수심곡〉 중에서

이제까지 김경현 시인의 시집《그리움이 타는 날》의 시세
계를 아주 흔쾌한 소감으로 산책을 마쳤다. '모든 사람에게 보
다 더 많이 읽혀서' 보탬이 되었으면 하는 김경현 시인의 소
망이 전적으로 주효해서 우리의 독후감을 진한 감동으로 남게
했을 것이다.

김경현 시인의 뜨겁고 애절한 사랑의 연가는 독자의 가슴 깊
숙이 스며들어 진한 여운을 남기기에 충분하다고 할 것이다.

앞으로 김경현 시인은 시집《그리움이 타는 날》을 계기로
크게 비상하면서 보다 넓은 시적 지평을 열게 될 것이란 기대
를 갖게 한다.

김경현 제6시집

그리움이 타는 날

지은이/김경현
펴낸이/김재엽
펴낸곳/한누리미디어

100-192, 서울·중구 을지로 2가 148-73
신화빌딩 401호
전화/(02) 2268-4514, 2278-4513
팩스/(02) 2268-4524

등록/제16-467호(1993. 11. 4)

초판발행일/2001년 10월 15일

ⓒ 2001년 김경현 Printed in KOREA

값 6,000원

※ 잘못된 책은 바꿔 드립니다
※저자와의 협약으로 인지는 생략합니다

ISBN 89-7969-197-1 03810